빛바랜 무채색 언어를 변주하다

시로여는세상 시인선 040

빛바랜 무채색 언어를 변주하다

윤종희 시집

시로여는세상

시인의 말

무채색으로 안고 있던 언어들
이제는 곰삭았을까 하는 마음에
유채색을 입히려고 내놓았으나
지나가는 바람에
한참 색이 바랬습니다.
빛바랜 무채색 언어
고운 색으로 입혀 봐주시길 바랍니다.
같은 무채색으로도 볼 수 있고
오묘한 색을 입혀서 볼 수도 있습니다.
모자라는 언어
여러 가지 색을 더해
끌어안아 봅니다.

2019년 가을, 원주
윤종희

차례

2부_다초점 렌즈로 투시하기

4부_여유를 부리는 곡선

1부
흐린 날의 커피 타임

흐린 날의 커피 타임

하루의 향기가 입안에서만 오글거릴 때
커피를 내려
한 모금 입에 문다
입에 문 커피
넘기지도 못하고
뱉지도 못할 때
흐린 날의 카페라테는 꽃이 피지 못한다
창밖의 날씨가 두껍고 두껍다
한 자락 늘어진 갈잎에
천 겹인 낮은 소음들이 쌓인다
그녀들이 쏟아내던 웃음소리
맑은 주렴처럼 걸어 놓았던 시간
낮은 구름이 삼켜 버린다
그들과 만남의 시간에
짙은 회색 구름이 발목을 잡아 놓는다
거실 무채색의 바다를 그린 액자 속에
그림자로 등장인물이 되어 홀로 서 있다

하루의 연극

매일 반복되는 일이지만
하루의 한 조각을 베어 문다
베어 문 만큼 입속에서 상큼해지길 바란다
하루를 잘 베어 물으려면
초침부터 일깨운다 분침, 시침
입에서 눅눅한 냄새가 나지 않기 위해
아는 유행가 한 구절을 웅얼거리려
머릿속을 뒤척인다
나의 일상을 시라고 도려낸 것이 있었지
소리 내어 더듬는다
시가 될 수 없는 연극이다
입가에 웃음기를 머금고
또 한입 크게 베어 물었다
이웃집 그녀는 하루를 어떻게 베어 물고 있을까
순간 그녀만의 공간을 배려해 주려는 생각
바들바들 펼쳐지는 손길로
쿡쿡거리며 내려놓는 폰
푸른 초원에서 한가로이 흐르는 바람 소리를 듣고

되새김질하는 모습을 그리는 중,
폰이 울렸다
왜 아직 안 와?
되새김질은 해야 하는데
한 부분의 시간을 몽땅 삼켰다

디뎌 놓는 발걸음이 다 기하학적 무늬

빨간 우체통 대신
SNS 언어가 긴 그림자를 남길 때
기하학적 무늬를 끄집어 내온다
영혼 없는 무늬에서
짝을 잃고 헤맨다는 소식
카톡카톡 정지된 공간을 깨운다
기하학적 무늬 속에서 그녀를 만난다
때를 잃어 무서리 속에 피던 구절초 마냥
볼 때마다 꼭짓점 언저리에서 위태롭게 맴돈다
늦은 가을비, 차디찬 빗방울이
가득 채워져 가고 있다
첫눈이 많이 쌓였다
흰 눈 속에 흠집 많은 자작나무가
누덕누덕 종아리를 내밀고 있다

그들 앞에서 어떤 아픈 소리를 내겠어

나를 끌어들이지 못한 검은 음표들이
머릿속을 흔든다
잿빛 거리에서 갈 곳을 잃어 산속을 찾았다
침엽수 잎 활엽수 잎
악기의 현으로 삼던 바람
능숙하게 꽃꽂이를 하는 창문 넘어
햇빛 결에 흔들리는 유리창의 노랫소리 같다
발걸음을 내디디면서
순수한 나뭇잎을 만져 본다
순수하다 못해 녹색이 되어버린 숲
그곳에서 발걸음을 멈췄다
껍질이 벗겨져서
내 정강이뼈처럼 드러낸 나무뿌리들
어느 무거운 그림자가 드리운
사람들의 발걸음에 닳았을까
밟고 밟혀서 하얗게 해탈해 나가는 아픔의 소리
거미줄이 미명의 바람에 흔들려
소리 없는 울음소리를 거두어들이고 있다

꽃다발을 받는다는 것은

머릿속의 본심은 생생하게 남는다
산자락의 성정 곧은 소나무
그와 만남도 그러하다
고통과 고통 속에서 꿈틀대다
아슬아슬하게 외길을 걸으며
속에서만 피는 꽃이 화려해지길 바란다
심지 굳게 오래가도록
신선한 정령들의 달콤한 말도 전해 준다
밖으로 튀어나온 어휘는
가시 돋친 진실이 되기도 한다
말과 말 사이에 있는 가시들이
꽃이 시들게도 하고
찔린 꽃잎은 한 잎 두 잎 떨어진다
다시 만나자고 한마디 던져놓지만
말뿐이어서 잃어버린 지 오래다
저 멀리에서 오는
난분분한 말들이 남았지만
그도 시들해져 빈가지만 남는다

찬사와 함께 환영과 박수갈채
짧은 속삭임만이 남은 화려함
그와 만남은 형체 없이
가시만 남은 장미꽃 다발이다

지금도 꺾이지 않는 갈대

어둠이 지나고 나면
허기를 채우기 위해 흔들림 속으로 들어간다
수초는 물속에서, 갈대는 물 밖에서
그들은 어디서나 꺾이지 않아
버려야 할 기억 속에 계속 흔들리고 있다

그해 하늘은 어디에 한눈을 팔았을까
저수지 바닥을 드러낸 곳에
뒷집 아이는 큰 잉어와 부레 견주기에 지쳐
진흙탕 물에서 하늘을 바라보고 누웠다
작은 물 흐름을 거스른 채

푸르게 앙감질하던 둑의 잔디
천명을 거스른 끈은
쥐어뜯어 푸름을 이으려고 하지만
사막의 모래를 만들며
마두금 음률에 맞춰 눈물짓는다

〉

빛의 무궁무진 갈구하였을 생명
꺾이지 않는 갈대의 흔들림 속으로 젖어 들고
모래의 진실은 저수지 둑 너머에 잠겨 있어
잊혀버리기 쉬운 것들이 잊혀버려 지지 않는다
그해 만들어 놓았던 기류가
한자리 차지하며 아직도 하얗게 빛난다

관심

수많은 선물을 받았어도
펴지지 않는 씁쓸한 표정
지난해에는
백만 송이 꽃다발을 받았지만
올해는 없다
문밖 흐드러지게 피어있는 꽃들
그중에 새로 피어나는
빨간 장미 꽃봉오리
주위에 안개꽃 없는 것이 불안하다

풀리지 않는 매듭

마지막 달력과 함께 피기 시작한
크리스마스로즈 꽃잎이 흰 눈으로 흔들린다
나를 채웠던 빛으로 이루어진 말들을
달력에 가득 채우려 했지만
지탱하던 색깔들이 녹아내려 휘청거렸던 시간이
갈팡질팡 어지러운 바람으로 지나간다

검은 중력이 가해진 매듭은 더욱더 옭매어져
모래 밭길 걸어 제자리걸음을 하고
거친 입들과 날카로운 입술 사이로
밍밍한 만남의 시간은
솟아난 돌부리에 넘어져 일어나지 못하며
눈 감은 소녀처럼 더듬거려야 한다

얼마 남지 않은 마지막 날들이 뛰어간다
거친 날의 표면이 굳어지기 전에
마디마디 맺힌 앙금 풀어내고
채워지지 않았던 결핍의 시간 뒤로하며
중력을 걷어낸 따뜻한 햇빛을 넘본다

매듭지어 놓지 못한 언어들

몇 남지 않은 낙엽
아등바등 매달려 안간힘을 쓴다
한 장 남은 달력은 들락날락 이는 바람에
힘껏 부풀려 있다
열두 달 이루지 못한 것이
마냥 손가락에 걸려 있다
홀소리들이 난분분하다 흐트러졌다가
닿소리 끌어안고 올해 문턱을 넘는다
그나마 펼쳐 놓은 노트에는
새해 연하장에 쓸 문구들이 즐비하다

매년 이맘때면
이루어 놓지 못하고
묶어 놓지 못하여
떠돌아다니는 언어들을
하얀 눈이 쓸모없이 다독여 준다

시간이 흘러가는 또 다른 한 부분

생에 처음으로 맞는 가을의 느낌
저만치 만월이 되지 못한
절름발이 가을이 다가오기에
같이 절뚝여본다
붉게 물든 단풍잎을 바라보며
현기증 나도록 붉어진 세상
큰 숨으로 맞아들이며
아릿하게 저며 오는 체온을
붉게 물들길 빌어본다
청춘이 다시 시작한다는 나이
불타는 부분, 늦은 가을바람과
같이 몸부림쳐본다
끝내 허기를 채울 수 없었던 시간
잎이 떨어진 숲에
나만의 불씨를 잠재워 놓는다

된장찌개를 끓이다

장독대에 대대로 늘어져 있는
햇빛을 한 숟가락 떠온다
옆집에서 준 호박에 꽃씨가 쫓아와
두 집 사이에 꽃길을 만든다
그녀의 동글한 눈길을 양념 삼아
신발 소리가 섞인 두부를 썰어 넣고
화분에서 꽃을 몰아낸 풋고추도 썰어 넣으니
수다스런 동네 따듯한 향이 구수하게 뭉쳐진다
입안에 빛의 표정들이 어우러지면서
보글보글 작은 뚝배기에 우주의 온기를 끓인다

환호성을 듣는다

수많은 꽃다발을 받았어도
채워지지 않는 정점
때마다 꽃송이의 빛깔 가늠하며
달리고 달려본다
갖은 빛깔의 꽃을 들고
질주하는 자들
꽃향기 물씬 풍기며 앞서가다가
빛나는 꽃을 들고
안개꽃에 둘러싸여
환호성에 젖는다

나무에 꽃을 피우다

까만 밤, 까맣게 새우며, 까맣게 쓴다
밤새우고 보니, 까만 글씨가
울긋불긋 갖가지 꽃이었네
그 꽃, 바구니 가득 담아
지나가는 바람타고
아프로펌 머리의 밥 로스* 아저씨가 그려놓은
촉촉이 젖은 나무 위에 흩뿌린다
꽃을 보는 이들
아프로펌 같은 환호성에
그녀는
까만 밤, 까맣게 새우며, 까만 글씨로,
핏발 세우며 글을 쓴다

* 로버트 노먼 로스가 본명, 미국인 화가. EBS에서 방영한《그림을 그립시다》에 출연, 덥수룩한 아프로펌 머리와 수염이 트래드 마크이다.

손짓을 하다

한쪽 어깨에 향기가 품어져 있기에
창문을 열어보니
무거운 그림자가 저 스스로 흐트러진다
햇살이 어제오늘 자로 재다가
한 줄기 길게 파고들어 온다
옷장 속의 연둣빛 치마
스멀스멀 기어 나오다 잡혀서
산뜻한 옷으로 갈아입었다
젊음을 묶어 놓은 청솔가지를 손짓하여
무거운 일상을 갈아치우니
싱그러움 풍기는 그것을
내 안으로 품어 들여온다
몬드리안 화가의 화폭 구도 속에서
붉게 물든 암호를 하나 꺼내어
한 입 베어 무니
지고 메고 하였던 무거운 짐
털어내다가 바람 속으로 굴러간다

정선 가는 길

비행기재 굽이굽이
푸른 나무로 만든 터널일 때
산나물 뜯어 놓고
맛을 보라는 손짓이 왔다
그 맛을 찾아 첫 발걸음인 황둔 옛길을 찾는다
오래전에 이정표 방향이 틀어졌다고
입구에서부터 나뭇잎은 손사래다
평창을 지나, 깊은 여름 가득 품은
고랭지배추 밭둑으로 도려내면서
청량한 채소로 인심 부리던
볕과 바람이 얼굴에 주름으로 배어드는
초로의 여인이 잡았던 길목,
그곳에 이르면서 내비게이션은 낯선 길로 인도한다
교차로에 유리함수 그래프가 나타나기도 하고
무리함수 그래프도 나타난다
밭매기 두레에 모여 앉아
동네 풋내 나는 처녀 총각
입에 물고 소문 씹어 대던 길은

동네 안쪽으로 들어앉은 정지된 사진이다
눈비에 젖을까, 바람에 꺾일까
끌어안고 있던 논과 밭
누가 그 함수식을 잡고 있었는지
장날, 아우라지, 화암동굴, 정암사라도 가려면
여러 모양의 그래프에 접어드는 날도 멀지 않겠다
대대로 매달렸던 곡식들은
x축, y축, 선 굵게 그어지는 길에 뭉개지고
옛길 가에 나와 앉아 빈집 바라보며
지나가는 바람에 어깨춤 추스르는
허리 굽은 촌로를
그래프 어느 곳에도 둘 수 없어
그녀는 펜을 들고 오랫동안 머무른다

맨발을 내려다보며

늘어지는 오후의 한낮을 메우려고
집어 든 책에서 한 무녀를 본다

무거운 짐을 벗어버리려는 맨발
하늘 세계와 땅의 세계를 이어주는
날아가는 매에게 혼을 맡기고
천길만길 뿌연 안개 속에서
아우성치는 영혼을 구하기 위해
더러움과 욕심으로 가득 찬
껍데기를 벗어 던지고
신 받을, 푸른빛이 곤두서는 작두 위로
쇠로 만든 신발을 신은 듯
모신의 야릇한 미간에 이끌려
한 걸음 한 걸음 디뎌 나간다

신모의 업보를 이어받은
무녀의 무거운 맨발을 보다가
나의 맨발을 내려다본다

옹기종기 모여앉아 있는 언어를
받아들이지도 못하고
여기저기 고여 있는 바람을 흔들지도 못해
그냥, 그냥 하얗기만 하다

2부
다초점 렌즈로 투시하기

다초점 렌즈로 투시하기

또 하나의 눈 안에 멀리 있는 것
놓치지 않으려 끼웠던 렌즈
가까이 있는 미물들도
잘 살펴보려고 초점을 더 했다
어느새 놓치고 소리 없이 지나쳐 버린
굶주린 시간이 있었구나
침묵으로 감싸 두었던 많은 말들이
얇은 막을 뚫고 삐져나온다
소리 없는 시간에 초점을 맞추니
하얀 종이 위에서
흐트러져 미적지근하게 헤엄치던 언어가
강도 높은 구령도 없는데
반듯하게 제자리를 찾는다

발판과 돋움이 된 괘종시계

한 마을 해시계가 되었던 미루나무 그림자
바람이 들고 나는 것을 시간으로 맞아들이던 나무
너를 보면서 생각한다

한 집의 소소한 일상을 알려주는 괘종시계
시침으로 새로운 만남을 설레어 보기도 하고
분침으로 더욱 바빠지는 초간사이의 문턱을 넘어
괘종시계가 걸려 있던 벽면에
또 하나의 진득한 바람을 끌고 와서 접어놓는다
많은 기록을 담아서 무거워지는 시계추
버거워 까무룩 잠이 들었나 보다

숫자를 겨우 뗀 손녀가 아날로그시계를 바라본다
갸웃한 눈동자를 돌린다
핸드폰에 아라비아 숫자를 보며 자란 세대
4차원으로 이끌 손녀에게
한쪽의 벽면에서 어머니와 그의 어머니들이 살아 온
기록에 대한 본분을 다하고 있는 시계에

나비모양의 레버로 밥을 가득 채워 주는 것을 보여준다
발판과 돋움이 함께 하는 것을 보여준다

바람이 불어도 아파하지 않고

한쪽 어깨가 서그럭서그럭
돌 부딪히는 소리가 난다
많은 날
바람이 쌓아놓고 간 돌덩이러니,
밤새 바람이 툭툭 차버리고 갔는지
제멋대로 굴러다니는 공명음
골 깊은 상처에 들쑥날쑥한 숨소리만 깊다
어둠 속에서 홀로
고된 숨소리 삼키던 손끝이
꾹꾹 눌러 바람이 흘러간 자국을 찾는다
들판에 풀들은 거센 바람에 날려서
허리가 꺾어져도 우는 소리 없는데
작은 바람결에도 돌 구르는 소리가 난다
한밤중 잠을 못 자는 부리 뾰족한 새
반기지도 않을,
같이 보낼 앙상블을 부르는 밤
기다란 밤 같이 견뎌줄
부드러운 바람결을 찾는다

내가 너를 열고 닫는 소리

겨울 아파트의 어두운 시멘트벽
굳게 닫혀 있던 소리를
봄비가 부지런하게 열어젖혀
무거운 허물을 벗겨낸다

꽃 피는 소리에 층 간,
눈꼬리를 바로 둘 수 없는 소음
위로 보내고 아래로 보내던 것을
밖으로 내보낸다

바빠지는 문의 소리
층과 층의 소리로 간격을 이루지만
면과 면의 사이에 기다림으로
흔들림의 간격을 좁혀 가는 사이가 된다

계절과 계절에도 간격이 있듯이
사잇소리에 잠자고 있던 무언을 일깨워
선과 선 사이에 빛이 들어간 소리로
어깨를 같이하며 평행을 이룬다

권태기

짙은 푸름에도
마음 설레던 시절이 있었는데

얼굴도 없는 형체가
너트를 풀고 있다

점점 커져서 핸들로 된
문고리를 풀고 있다

시뻘겋게 녹슨 손잡이는
굳게 닫혀 풀릴 줄 모른다

여인이 누워있고
열심히 빗장을 푸는 그

그의 땀방울이 흘러
호수를 이룬다

차가운 출렁임에
반짝 눈을 뜬다

밝은 빛에 낡은 바람은
소멸되었다

이명

어머니의 태에서 떨어지면서
갈고 닦았던 시간
빛 좋은 안개만은 아니었다
바람이 흐를수록
몸을 휘감았던 안개
침묵을 흔들면서 다가오는 하얀 회오리는
함성의 일로였던 내 입을 꼭 다물게 하고
끝없는 지평선으로 빠져들게 한다
생명을 다한 영혼들이
입이 퇴화된 군중 속으로
두발을 끌어당기다 내는 소리
차가운 기운에 굳어져 가는 소리들
어제도 오늘도 한없이 헤매고
물에 잠겨있는 목책 속에서
눈을 꼭 감고 잊어버린 등대를 찾아가는 바람 소리
수많은 소리의 발자취
회색빛 뒷골목을 뒤로 한 채
미로 속 헤쳐 가며

일말의 빛을 향해
상륙의 활로를 찾는다

잊어버리는 시간

우주 속 유영하다
광년을 흐르던 바람 뒤집어쓰고
달빛에 길을 물어 7월 16일
빛의 길이를 재기 시작한다

초록의 연무 속에 꿈을 가득 안아
펼쳐진 하얀 종이 위에
평행의 줄긋기부터 시작하여
곡선의 형상들도 그려 넣고

굽이마다 길게 늘어진 문장들
주저 없이 주워 모아
빼곡히 쌓아 가는 언어의 진열장

나뭇가지에 앙큼하게 앉아
휘저어 놓다가 흔들다가
지쳐서 잡을 수 없는 저 바람
한 번쯤 뒤돌아볼 여유도 없이

못다 이룬 이미지로 물드는 계절

산호혼식 반지는 어디에 두었을까?

흙과의 약속

향기 쫓아 산길에서
산까치 날갯짓을 품은
병꽃나무 가지 가슴에 안고 왔네
시들면 버릴 걸 소나기 핀잔을 듣고
간벌한다는 변명 스멀스멀 나오네
꽃병에 갇힌 향이
아침이면 빛이 인도하는 길 찾아
동동 마룻바닥 구르다
네모로 갇힌 구석에서 절규하네
창문 열어젖히니
도드라지게 빛을 머금은 바람
청록의 마음으로 머무르고
가을이면 붉어지는 낙엽
지면에 햇빛의 사연 고이고이 접어
땅에 침묵의 시간으로 보내지네
있어야 할 곳과 흐르는 시간과
약속을 지키기 위해서라네
주어든 꽃잎 들고
바람의 한 귀퉁이에 손짓한 것을 속죄하네

탁본하다

대들보에 가뭇가뭇 붙어버린
할머니의 옛이야기

버릇없이 자란 고명딸
시어머니 말끝마다 대답질이더라
시아버지 보다 못해

―네가 한 말 져라
―두 말 닷 되 머리에 여도 봤어요

들판에 꼿꼿하던 벼 이삭
고개를 숙이던 때이면
논둑길 소소히 접혀 있던
그 말씀 다시 되뇌고
보리밭 두렁에서 꾹꾹
발자국으로 새겨 넣던 말씀
흘러가는 바람에 새겨 넣으려
다시 한번 깊숙이
발자국으로 탁본하여 본다

족적의 무게

모래밭에서 되짚어보는 시간
무겁게 잠겨버린 발자국으로 남기고
묶여진 가슴에 난 자국
해변 모래알로 엉겨 붙는다

발목 휘어잡는 모래는
마른 입술 축여가며 이루어 놓은 성
한순간 물결이 휩쓸고 간
형체도 없는 발자국

한 곳을 쉽게 벗어나지 못하고
흔들어대던 손길은
지난날 기억 어루만져 달래고
허공에 허우적대며 걸어가는
바람이었을 뿐이라고,
이목구비 닫아버린 파도 소리
살아온 길이 다분히 꽃길만이었을까

신발 안으로 파고든 까칠한 모래알
가슴속까지 치받친다
아무리 걸어도 내 마음 같지 않은 종종걸음
모래 위에서의 무게
파도가 쳐놓은 덫에 걸려 발걸음이 무겁다

디딤돌 하나씩 내어 주는 것을

발부리에 부딪히는 것이 돌입니다
햇볕을 손바닥으로 받아내며
지붕을 받쳐 주는 주춧돌
밖의 숨결도 새어 들어오지 않는 돌담도
그곳에서 함박꽃으로 웃으며
보조개에 깊은 정으로 우물을 만들며
구들장 따듯한 돌을 등으로 비빕니다

매일 등 따신 이유를 모른 채
문밖 발자국 하나씩 떼어 놓을 때마다
따뜻하게 데워서 몸에서 빼내
그를 지탱하던 허리의 관절을 내어주는 것을
디딤돌 하나씩 내어 주는 것을

참 많이도 빼내어 디뎠습니다
불에 달군 단어들은 목이 메도록
가슴 쓸어내리게 했습니다
아린 가슴에 두 손 모아 빕니다

단 하나의 신에게 빌 듯
작은 돌이라도 따듯하게 데워
다시 되돌려 드립니다
디디세요!
디디세요!
대답 없이 입김만 성기는 십이월입니다

기다림

한때는
손톱 끝 아픈 줄도 모르고
휴대폰 글자판 눌러 댔었지

카톡!
카톡!

귓가에 맴도는 알람 소리
공허함만 가득 담은
까만 액정 바라보고 있노라니
끝없이 눌러 대던
손톱 끝이 아프다

나에게서는 멀리 있는 것이라고

억새가 사각사각
바람을 슬러시 하는 소리 들으며
발걸음 옮기다가
그 소리에 빨려 들어간다
하얗게 반사되는 빛이 눈 부셔
저 멀리 구름에 쌓여 있는 세계를 바라본다
내가 안고 있는 그릇이 너무 버거웠나 보다
붉게 물들이든 젊음에 집착하여
시계 침 돌아가는 소리를
나에게는 멀리 있는 것이라고 흘려버렸던 시절
여기저기 허물어져 가는 소리가 난다
깊고 높은 하늘 긋고 가는
바람을 휘어잡아 꺾어 놓아도
해시계 길게 선 그림자가
저녁을 꺾지는 못하는 것이라고
언젠가는 어둠 속 그림자로 물들어야 하는 것이라고
저 멀리 새 떼를 몰아 온 바람이
노을 속에 그림 그려놓고 달아난다

인연이라는 것이 살얼음과 같아

나만이 이럴까
여름이라는 이름으로 맞아드린 인연
불타는 여운을 남긴다
가을엔 끈끈함이 말라버린 낙엽처럼
부여잡고 놓지 않으려 한다

삭풍이 부는 벌판도 있다고
속삭이는 바람 소리와 같이
달콤했던 사연은
걸러져 나가고
아픈 기억은 침전된 모래알로
가슴 밑바닥에 가라앉는다

가을바람은 시린 사연 안아
창문을 두드리고
낙엽은 또 다른 사연
구멍 난 옷자락에 꿰매 이어 붙이듯 한다

눈 밑 살갗을 떨리게 했던
잊히지 않는 기억들
살얼음처럼 쌓인다

많은 것을 받았다

카네이션 꽃을 든 햇빛이 뜰 안 가득하다
낳아 주서서 감사합니다
선물을 한다고 여성의류 매장으로 간다
그날 선물 가게는 문전성시이다

꽃무늬 옷을 어깨에 걸쳐놓고
예뻐 보입니다
환한 색 옷을 걸쳐놓고
사십 대는 되어 보입니다
검정색 옷을 걸쳐놓고
몸매가 날씬해 보입니다
쵸코브라운 색 옷을 걸쳐 놓고
우아해 보입니다

백화점 나서는 가벼운 발걸음이
시간과 바람으로 벌어졌던 틈을
날개가 된 옷깃으로 가득 채운다

간사하게 예뻐 보이고
사십대로 젊어지기도 하고
속옷 밑으로 배를 디밀기도 하고
턱을 치켜세우는 시간도 가져본다

햇빛이 질 줄 모르는 날
내미는 하트가 그려진 봉투에서
뿜어져 나오는 것이
따듯하고 넓다는 것을 새삼 느끼며
단단하고 긴 끈으로 늘어트린다

머리 MRI 촬영

푸르다고 우겨대는 머릿속 울림
젊은 가지하나 불거져
뚝 꺾어지는 소리 듣는다
그 가지의 울음소리
어떤 음표를 띠고 있을까

팟 팟 팟 팟 팟
꼭꼭 감추고 내보이기 꺼린 비밀의 방
두 손 꼭 잡고 두꺼운 장막을 쳐 놓으니 남겨주세요
돨 돨 돨 돨 돨
이웃집 덩굴장미 속 유명 배우 근육질 사진을 보다가 한 아름
가슴속으로 꺾어 넣은 기억은 남겨주세요
드 드 드 드 드
헛바닥에서 옮겨간 가시만 파내고
풋내 나는 감미로움은 남겨주세요
돌 돌 돌 돌 돌
세상을 읽어 가다 삐뚤어진 언어
가슴 언저리에 남아 있는 의문의 문장들

다 파냈는지 소리가 가볍다

쌓기만 하고 거르지 못하고 살아온 어두운 소리
바람이 흘러가는 곳을 가늠하지 못해 잠겨 있던 것을
슬러시 했으니 산뜻한 기분으로
새 햇살 한 움큼 꺾어 입에 물어본다

걸림돌

말끝마다 꽃이 피어
피붙이를 꿈꿀 때도 있었다
뽀얀 안개 속을 더듬어도
끝없이 펼쳐진 지평선을 내다보아도
푸름이 창창하게 피어나는 들판뿐이었다
봄엔 그랬다

뜨거운 해가 지던 날
혀끝에 가시 돋친 언어가 새어 나왔다
잡은 손은 단층으로 어그러지고
두 마음속에 피어오르던 꽃은
차갑게 얼어버렸다

공그르던 언어는
날카롭게 스치고 지나
우물 속으로 떨어지고
건져 올리려 해도
손가락 사이로 미끄러지다 굳어져

깊숙이 박혀버린 돌이 되어 버렸다

가슴속 깊이가 한 치 안 되는 깊이어도
그곳에서 울컥울컥 치솟는 돌덩이

3부
고광나무 인사법

가로수의 꿈

검은 거리에서 코와 입을 막아야 하는 이유를 물음표로 달고 살아야 한다

둥근 네 발이 스스럼없이 굴러 찢긴 나무의 그림자를 밟고 가는 사이

피톤치드 속에서 하얀 종아리 뽐내는 자작나무와 손잡을 날 꿈꾸며

지켜보기에도 두려울 만큼 서늘한 형벌을 온몸으로 받아가고

거침없이 자란 잔가지도 바른 기침을 뱉어내며 오늘을 견딘다

무수한 발자국들이 나무의 그림자를 밟고 가는 사이

귀를 찢는 날카로운 소리 거두기 위해

떨리는 가지를 험한 길 쪽으로 더욱더 기울인다

맑은 바람을 꿈꾸며 자라는 철부지 잔가지

서로 생의 유연함을 치유하며 도로를 향하여 뻗어간다

뻗은 만큼 잘려버릴 거추장스러운 날갯짓이라도 거침없이 나아간다

속으로 키운 나이테는 푸른 꿈을 지켜낸 공간의 자서전이다

고광나무* 인사법

밤과 낮의 경계선에 서면
하루의 인사를 나누는 시간이 된다
담벼락 고광나무의 그림자와 함께
하얀 꽃, 하얀 향기가 신선한 인사를 한다
45° 각도의 그림자로
해 뜨는 날이면
어김없이 배우는 인사법이다
90° 각도가 되면
그림자는 곧은길을 걷는
그날의 할 일을 다 마친다

그는 간사하게 90° 각도의 인사법부터 배웠다
속절없는 발걸음이 허공으로 퍼진다
사람과 사람들 속으로 첫 발을 내딛는
그와 나 사이에
손으로 들 수 없는 무거운 추를 놓고 들이댄다
고광나무 그림자에서
자기를 다스리는 90° 각도의

고개 숙이는 법을 배우지 못한 그는
바람의 무게를 너무 가볍게 여겨
세월의 추를 감당하지 못하고
곁가지를 뻗는다

* 주로 산골짜기에서 서식하고, 키는 2~4m 정도로 자란다.
흰색 꽃이 피고 향기가 짙으며, 관상용으로 많이 길러진다.

가벼워지기

누군가에게서
좋은 글이라면서 카톡으로 보내온 글
덜어낸다는 것
댓글이 달렸다
덜어내려 뒷간에 간다고
어찌하였던 덜어내기는 덜어낸다
여러 가지로 가벼운 사람이겠다

눈이 부었다
숨그네*를 밤새 읽었다
왔다 갔다 할 만큼 숨 넘어 가는 것
포로수용소 생활의 고통과 절망, 배고픔
내 몸이 퉁퉁 붓도록 차오르는 것을
쥐어짜듯 덜어 내야했던 고통
레오폴트**가 숨이 넘어가고 오고 할 때
그의 목덜미를 받쳐주다
심장 박동 소리는 끊길 듯 말 듯 쿡쿡 조여 온다
눈물샘을 비우려는 것을 밤새 겪어야 했다

머리가 지끈지끈거린다
무거운 문장을 받아들이지 못하는 과부하
머릿속이 가벼워지기 위해
뒷간으로 달려가면 좋겠다

* 노벨문학상 수상작가 '헤르타 뮐러'의 대표작.
** 레오폴트『숨그네』작품의 주인공.

인간화석*

폼페이 화산석을 밟다가
진열된 인간 화석을 본다
화가 백진스키의 그림을 보고
세간에 불리는
폼페이 인간 화석에 줄을 이어 본다
이름도 지어지지 않은 그림
250° 열기 속에 상위 자세로 사랑을 나누는 모습
사랑의 열기와 마그마의 열기를 견주기라도 하는 것일까
까맣게 타서 먼지로 날아가 버릴
뜨거움을 탐닉하고 있는 자세
바삭바삭 화산재를 밟고 있다
폼페이 한구석 마도로스를 끌어안고
좁은 침대 위에서 열기를 뿜는 인간 화석
풍화가 된 웃음꽃
그들도 한 줌의 재가 되어 발끝에 걸린다
사랑하는 이는 사랑으로 뜨거움을 받아들였지만
뜨거움을 맛보지 못한 뜨거움 속에서의 아이들 아우성

베수비오 산**은 들끓는 혈기로
많던 적던, 크던 작던
사랑의 열기를 품은 자들을 외면하고 있다

* 폴란드 화가 지슬라브 백진스키의 그림 〈인간화석〉, 실제는 무제 그림.
** 이탈리아 서남부에 있는 활화산.

안개 속에서 헤매는 젊은이의 꿈조차도
— 영화 〈버닝〉 중에서

새벽의 안개는 너무 쉽게 형체 없이 사라진다
빛의 작은 글씨들이 공기들과 접하기도 전에
초점도 없는 눈빛으로 검은 낱글자들을 찾아내고 있다
새로 태어나는 뿔 달린 언어의 조각들을 막기 위해
자판에 걸어 놓은 모음 자음들을

한때 길거리에서 나와 같이
꿈을 이루려 도시로 모이는 청춘의 이름들
텅 빈 길에서 가로수를 붙잡고
가슴 터질 듯 그렸던
리틀 헝거가 그레이트 헝거가 되기 위해
거처를 알 수 없는
금세 사라져야 하는 안개를 만드는 그들

빈틈없이 짜여진 도시의 거리에서
소시오패스의 놀잇감이었다가 사라지는 안개였고
그레이트 헝거가 되기 위해
걸맞은 춤을 추지만

끝나고 나면 누가 춤을 추었는지
캄캄한 어둠 속으로 사라지고
엇박자의 발자국만 남는 것을

젊음이라고 불리는 것
비닐하우스는 열정 한 조각만 닿아도 불타오른다
가슴에서 부풀대로 부풀어 주체하지 못하는 꿈을
불어넣어 높이 부양하길 바라면서
빈 밥숟가락을 빙 둘러 가면서 꽂아 놓는다
허상으로 지어놓은 비닐하우스를 찾아
뿌연 바람의 빛을 쫓기 위해
끝없이 달리는 가난한 젊은이들
그들과 얼마나 많은 발걸음같이 해 보았을까

열꽃에서 반사되어 유리창으로 드는 빛과
붉은 노을이 물드는 저녁의 빛도
젊은이의 심장과 같이 퍼덕이는 것이 잠시 빛날 뿐
잃어버린 날개들이 작은 어깨에 내려앉아도
누구 하나 바라보며 여린 깃털을 쓰다듬으려 하지 않는다

녹색 불빛을 찾는 소년
— 영화 〈위대한 개츠비〉 중에서

밤마다 녹색의 빛이
피어나는 모습을 다스려
미소를 띠는 소년,
그는 햇빛의 즙을 받아먹고
녹색으로 순수해진 숲에 물들었다
빛이 깃들어 있는 곳을 찾아 나서지만
그곳의 빛을 벗어나면
붉은 꽃잎 출렁대는
빛 속에 발 들여놓을 수 있다는 것
$\frac{1}{2}$박자 춤곡이 난무하는 곳
$\frac{3}{4}$박자로 집어 삼키고
뱀의 혓바닥이 바지 속을 감고 도는 곳
무거운 녹색의 빛이 눈을 가린다

녹색의 뒷면은 눈감아 줄 수 있지만
스며들지는 못 하는 것이다
항상 그의 가슴속에는 푸른 씨앗이
호기심을 가득 안고 노려보고 있기 때문이다

떠나자 떠나야 한다
본래의 녹색 순수한 빛이 비치는 그곳으로

녹색도 발가벗겨진다는 사실을 알아야 했던 지난날
언젠가 돌아올 수 있는 곳
푸른 핏줄로 이어지는
녹색의 멍울이 웅크리고 있는 곳으로

빈집 1
― 개오동나무집이라 불리던 집

개오동나무 성성하던 꼬맹이 복희네 집
쪽마루에 앉아 그리움 쌓아놓던 꼬맹이

배고픔이라는 자국만 대물림하며
지나가는 바람 겹겹이 접어놓고
노을 향해 머리를 빼고 기다리다 먼저 떠난 그

허물어진 부엌에선 언제부터인가
다 된 들고양이가 간간이 인기척을 찾아
귀를 기울이다 밥 어미 손길 그리며
깊게 들어간 눈동자는 더욱더 깊어만 간다

얇은 허리 추스르며 돈벌이 나간
그녀의 손길 기다리던 부엌 칸은 무너져 내리고
하얗게 질려버린 서쪽으로 뻗은 길 쫓아 나선 기둥
담배 연기에 밭은기침 해대며
한숨에 허물어져 가는 노부모 모습 어른거리고
등에 붙은 뱃가죽의 역정은 바람이 묻혀 가버린 지 오래다

빗물만 늘어진 항아리마다
외로움에 지쳐 눈물짓던 낮달은
머물 길 찾다가 뒷산 그림자 속으로
검게 물들어 가버린 지 오래다

오다가다, 복희는 쌓아놓았던 그리움을 풀었을까
그리움이 무성하게 자란 마당을 들여다본다

빈집 2
— 측백나무가 있던 집

맑은 빛이 비치기 시작하자
찢어진 잿빛 기와는 빛을 거부하고
측백나무만 서걱서걱 뒤척입니다

자글자글 끓던 밥상머리가
문풍지 사이로 들어온 빛에 뭉개집니다
할머니의 구수하던 얘기도
세월에 반사되어 흐트러집니다
아버지가 지고 있던 짐
서까래부터 폭삭폭삭 내려앉습니다
댓돌 위 조그만 검정 고무신 한 짝
봉당 위 조그만 코 고무신한 짝
지나던 바람결이 외면하지 못하고
어제 온 빗물에 나뭇잎 하나 떨구어 놓고 갑니다

아궁이에 피우던 불꽃만 바라보던 어머니
굴뚝에서 살갑게 피어나던
연기와 함께 사라졌습니다

측백나무는 바람난 어머니 소문을 꼭꼭 접어놓고 있다가
늘어진 그림자에 대고 타박입니다

몇 대를 걸쳐 집안의 내력 첩첩이 접어놓고
도란도란 피어나는 굴뚝 연기 기다리는 측백나무
눈 빠지게 굽이 도는 하얀 길을 내다보며
서늘한 햇볕이 말 걸어와도
넋이 나가 안중에도 없이
사계절 다 가도록 텃새만 부럽니다

빈집 3
― 와송이 성성하던 집

봉두골 영희 언니 부부
고소한 참깨 볶던 집
바람에 안긴 풀씨
빈집 두드리다
적막한 공간을 틈타
깨어진 기왓장 한 귀퉁이
외로운 와송 옆에 앉아 잠을 청한다

봄이면 늦은 밤에도 목련 가지 하얀 등 만들어
밤바람 속 풀씨라도 살갑게 맞아들이더니
발붙일 곳이 척박하다
따듯한 봄볕에 눈트고 난 풀씨
뙤약볕 들끓는 곳에
젊은 새댁과 입방아 찧고 싶은 그리움
푸름에 안간힘을 쓴다

적요 속에 몸살 앓으며
바람이 싸늘하게 불더니,

빈 쭉정이 깻단만 끌어안고
아기 울음소리 기다리다
보따리 쌌다고 하더니
오늘도 와송만 성성하다

공중전화 부스에서 외국어가

대학가 공중전화 부스가 길게 늘어서 있다
배움의 기아상태를 겪은 세대
굵어진 손마디들이 소통의 길 이어주려 한다

그곳에 들어서는 발자국들은
빼곡히 번호만 적어놓은 책,
수갑을 채워봐도 부적처럼 뜯어 가는 때

술에 취해 비틀거리는 가 갸 거 겨
마른 주머니에 비집고 손 넣어야하는 부모
자율신경 자극하며 부스가 들썩이는 계약서
때론, 가 갸 거 겨 크게 읊조리다
부스의 유리 채 날려버리는 모국어 순화인들

우리말 노래하며
줄줄이 늘어서 있던 부스
바람 흘러 녹슨 바닥에
가 갸 거 겨 빠트리고 외로이 혼자 서서
지구를 몇 번 돌려야 알아들을 수 있는
타국의 음소리가 들린다

꽃밭머리*

인터넷 검색을 해도 그렇고
큰 사전을 찾아봐도 미적지근한 답
꽃이 많이 피어있는 곳이라고
꽃을 찾아 가 보았다
꽃은 찾아봐도 없는데
옛사람이 눈감고 지었을까
코 막고 지었을까

요즘 와서 제 이름값을 하려나
면상에 요란스럽게 그림 그린
꽃들이 만발하고
향기는 커피 향

들바람이 몰고 온 꽃향기는 없다

* 강원도 원주시 행구동에 있는 향토 명.

그는 종을 네 번 울린다

처음 종소리를 울린다
머리 위에서 발밑에서 만물이 탄생한다
때로는 수줍은 분홍색 꽃잎 입에 물고
태초에 아담과 이브를 생각하며

어느 종소리에 등을 밀어붙였는지
따가운 햇살에 눈부서 실눈 뜨고
한여름 가, 청년기 녹음은
푸름의 고샅길 넘어간다

몸에만 풍성함을 더할까
내 마음 갈고닦아 보면
산천초목에서 얻지 못하는 것은
가을걷이하는 가슴속에서 뿌듯하게 얻어지는 것을

마지막 종소리와 함께
다시 맞아들여야 하는 바람의 행로,
땅속에서 잠자는 따듯한 빛의 호흡으로

또 한 번 한숨을 쉬려 한다
그 종소리에 맞춰 오늘도 나의 행로를 간다

유혹하다

　옆으로 가도 그만 앞으로 가도 그만 꿈은 여러 곳에서 이룰 수 있다고 하는 게는 찔벗찔벗 거품을 게워내는 꽃조개를 유혹하고,

　누구누구 할 것 없이 다 내어주는 물고기는 허공을 헤매는 갈매기를 유혹하고,

　등본에 기재된 적 없이 어느 시인의 것이 되어 버린 파도는 흰 포말을 품은 모래사장에 부대끼며 유혹하고,

　잠시 한가로움을 즐길 때도 있다고 여유 부리는 배는 세상사 쉴 줄 모르고 흔드는 푸른 물결에 중심을 잡으며 유혹하고,

　너처럼 모든 것을 품을 수 있다고 두 팔 벌린 수평선은 밤새 달과 눈흘레하다가 떠오르는 해를 유혹하고,

　길 안내자라고 구름은 흐르는 바람을 어찌 감당할지 남실남실 유혹하고,

　큰소리치며 삶을 살지라도 누구든 품을 줄 안다고 천둥은 열정을 주체하지 못해 번개를 유혹하고,

　온갖 것을 젖어들게 하는 비는 저 멀리 바글바글 뒤섞임 속에서 살아가는 것이라고 앞집 아주머니 파머 머리

같은 아지랑이를 바라보다가 허기진 지평선을 유혹하
고,

　시작이면 끝도 있다고 우겨대는 박무는 끝을 가늠할
수 없는 안개를 유혹하고,

　밉던 곱던 아름다운 꽃으로 불리는 꽃은 여름의 열기
품은 이슬을 유혹하고,

　꽃향기는 중고 책방에서 산 시집에 베어버린 커피 향
을 유혹하고,

　커피는 시인의 책상 위의 퍼질러 앉아 노닥거리는 펜
을 유혹하고,

　펜은 통통 두드려도 깨어날 줄 모르는 텅 빈 머릿속의
진공 음을 유혹해서 시를 쓴다

　손을 뻗어 내가 유혹할 수 없는 것을 유혹하여 두 손
가득 풍만한 웃음으로 웃고 있다

길이 남을 광한전백옥루상량문

초당동 난설재 생가 문턱을 넘어서며
초회라 부를까
경번이라 부를까
난설헌이라 부를까
아니 수없이 불러도
혼을 담아 붓놀림 하던 그녀를
다시 불러올 수 있을까

함박꽃 만개한 뜰에 앉아 꽃잎 어루만진다
백옥루 상량문에 나온 선녀를 꿈꾸던 시절
난을 치는 어깨, 그 시절만큼
가뿐하게 전율하는 것을 느낄 수 있을까

여인의 길 걷고자
도교를 꺾고 시부모 모시며
노류장화를 일삼는 낭군 섬기고
온 몸으로 낳은 자식 잃을 때엔
기울어 가는 쓸쓸한 그믐달에 비유할까

그녀를 에우는 칼날
어떤 칼인들 그렇게 날카로울까

가슴에서 우러나와 심금 울리는 글재주
먼 곳까지 빛이 났으니
이웃나라에선들 모를 리가 있을까

더 깎일 수 없는 상량문의 칼질
선녀의 손길도 꺾어지고
가냘픈 허리도 꺾어지네

아날로그 인심

너와 나라는 사이
평행을 이루는 점은 연속성으로
신발과 신발 사이의 유한의 거리 재기
정점에 도달하기까지의 거리
잰걸음으로 한 곳에 모아 두면 그만

너와 나라는 사이
오르락내리락하는 눈금과 같아
조금 올려 볼 수도 있고
더 낮추어 볼 수도 있고
헐렁해진 너와 나의 어깨를
서로 끌어안아 주어 인심 부리는 것

너와 나라는 사이
바람의 무게에
비교할 수 없는 것
고립을 위한 바람은 짚을 깔아 주고
방황하는 바람에 도착점을 비춰
다독이는 인심을 더하는 것

나도 꽃

한겨울 모진 바람 겪고 나서
대지의 한구석 희망으로 수놓는 꽃
피면서부터 작아 햇빛도 많이 탐하지 않는다

꽃의 여왕인 장미꽃을
누구인들 곁눈질 안 해 봤을까

아무리 무리 지어
있는 열정 다 해 피워낸다 하여도
봄을 여는 꽃다지 꽃일 뿐
작은 꿈 더듬어 옹송그리다 지고 나면
흙 속에서 살이 되고 피로 산화하는 것을
꽃 이름 부르면 꽃보다 이름이 더 앞서는 꽃
이름보다 내실을 기하는 삶
양쪽 발걸음의 무게로 견주어 보고
나 또한 흘러가는 바람에 얼마나
초록빛을 더했을까 뒤돌아본다
재촉도 없이 피어나는 봄
꽃다지의 향기는 햇빛 향이다

삶을 지운 골목길

외할머니 댁 돌아드는 언덕
동네 아이들과 까르르 웃는 웃음소리를
빛나던 작은 희망들이 돌계단에 얹혀놓고
손주 녀석 잠재우는
검버섯 짙은 외할머니의 손금
깊이 파인 주름의 손길도
수많은 인생길이 더듬고 지났을
흐트러진 돌계단에 접는다
언덕 위, 세탁소에서 뿜어져 나오는 수다들
골목길 내력을 담은
장바구니에서 세월을 험담하느라
삐져나온 언어들 휘날리며
시끌벅적이던 언덕
중턱에 자리 잡은 다방에서
뒤굴뒤굴 굴러온 커피 잔을 든
짧은 미니스커트 아가씨에게
한마디 던지는 고난어린
실업자들의 설음 덩어리의 농담이 서려 있던 곳

한 계단 두 계단 등으로 치고 오는 삶의 세파와
하루의 피로를 내려놓으며 보금자리로 오르던 길
젊음의 무거운 귀갓길이
길게 골목길 늘여놓는다
외할머니 댁을 찾던 길을 한 곳에 쓸어 업고
기억을 지운 채
콜타르를 미끈하게 입혀 놓았다

4부
여유를 부리는 곡선

꽃 진자리

손끝에서
밉거나 곱거나
끌밋하게 키워
여린 것 떠나보낼 때는
개염스럽지 않았는데
또다시 봄바람으로 시새우면
지난날 꽃 잔치는
하얗게 바래져 앉은자리 떠나야만 하고
때늦은 바람 나실나실 거리면서 불면
그 모습 궁싯거리기만 하는
내 모습이 된다

애기똥풀

바람개비가 내내 손끝에서 잠자더니
딸의 창가에서 힘차게 돌아간다
누군가를 기다리다
복에 겹도록 신비롭게 가득 찾아온 바람
가슴 벅차고 살갑게 내 피붙이로 다가왔다
일곱 가지 무지개를 힘차게 창가에 꽂았다
아직 가녀린 생명,
커져가는 푸름의 꿈 좇고
작은 손과 발은
큰 세상을 향해 노래를 부르고 있다
덩달아 초록빛은 새싹에 비추고
파랑으로 번져가는 하늘의 빛깔은
신비함과 오묘함을 간직한
아기가 놀아야 할 놀이터
작은 새 가족인 내 보물에게
내 정성 다하여
너를 향해 바람개비를
끝없이 풋풋하게 돌린다

우리 아기 똥처럼
애기똥풀 빛깔 좋네

행복과 행운

어제도 본 책을 그대로
오늘도 걷던 길 또 걷고

한 껍데기 걷어내니
나의 버팀목인 넓은 등짝
흐드러지게 피어 있는
장미꽃 담장 손질하느라
가시에 찔리고,
구슬땀 얼룩지고

푸른빛 키워가는
나의 분신들
차곡차곡 성을 쌓고
진득하게 들려오는
성취의 목소리

끝이 보이지 않는 초원에서
세 잎 클로버도 한 움큼,
네 잎 클로버도 한 움큼

그와 부딪치는 소리

온 집안 가라앉아 있던 무게가 식탁으로 향한다
바쁘다는 신호가 x, y, x, y 무리수들
손길은 빨라지고 바닥에 물이 튄다
살다 보니 크고 작게 물 튀겨 놓은 곳에
반비례 하는 함수가 한두 군데인가

머리에 화관을 쓰고
첫발을 내디뎠을 때는 마른 곳에만
발걸음 해야 한다고 맹세했지

풀다 만 xx, xy 염색체 간의 불가분 함수
끝이 없는 시간 변수가 곁들여졌는지
불모지에 튄 물이
x가 되고 y가 되고
이유 없이 발바닥이 흥건히 젖어도
세제가 섞인 물방울에 미끄러져도
풀어지지 않는 함수
변수가 될 수 없다고 부르짖는 xx염색체

그렇게 사는 것이지

결혼할 때
사랑의 무게만큼 여기저기
금덩이로 매듭지어 놓는 것이라며
친정어머니 흐뭇해하셨다

사업을 늘인다고 패물을 다 내놓으란다
허공중의 눈동자가
순간 파경을 클릭한다
쌍가락지마저 드는 손등 위에
눈물이 뚝뚝
저울질하던 그의 손이 한쪽으로 기우는지
다시 반지를 꼭 쥐여준다

흔들리던 모습 지울 수 없어
마주 앉기 그지없었던 때
큼직한 포획물을 내 앞에 내민다

태산 앞 눈물 무게만큼의 동산이
비어있는 것은 아닐까

철길에 흐르는 바람 소리

바람이 이곳에서 저곳으로 흐르고
봄날 아지랑이 속에서부터
쨍쨍하던 해가 지는 날까지
부부 생의 아른거림이 녹아 있다
평행선 따라
가슴 찌르는 시끄러운 상처
출렁거리며 다가오는 기차에 실어 보내고
구부러진 선로에 달라붙는 손길
함께 어깨를 비틀어
묵묵히 침목에 젖어 앉힌다
간간이 귀 간질이는
한 생애의 질척이는 음표들
마주 보며 눈짓으로 삼킨다
평행을 이루어 동행하는 삶
검은 머리가 하얘지도록
은은하게 빛나는 여망의 길로 가고 있다

다시 안겨보고 싶다

어머니를 찾았다
구순의 나이에 암 수술까지 받았다
얇은 얼음 조각을 밟고 어린아이 발걸음 하듯
적응해 나가고 있다

문득, 그런 어머니를
안고 싶어지는 게 아니라
안겨보고 싶다

어릴 때
앞산 뒷산, 산등성이 오르내리며
밥 먹어라 부를 때까지 놀다
저녁이면 어머니에게 안겼다

차츰 바람의 온도가 변한다
낮은 온도를 보듬어 안아야 할 때
저 멀리 차가워지는 소리를 외면한다

또다시 불러 줄 때를 기다리며
산길을 오른다
바람결에 부르는 소리를 놓쳤다

수수부꾸미

어머니는
붉게 물든 햇빛
한 아름 끌어안고 들어오신다

알알이 재롱 피우는 수수
노을빛 닮은
고운 가루 내서
들판의 바람 손끝에 담아 와
골고루 섞어 반죽하고

장작불 화로
무쇠 솥뚜껑 뒤집어 놓고
다문다문 팥 소 집어넣어
지져 놓으니
도랑도랑 굴리는 눈망울들
군침이 뚝뚝

불혹이 지나

허겁지겁 옛 맛
혀끝으로 핥으면서
어머니 손길을 찾는다

하늘을 바라보기 시작한 때부터

그 날 이후
상자 속에 종이배를 간직한다
가끔가다 바라보는,
겉 포장지 빛나는 때이면
사람들 웅웅 거리는 소리가 쌓이고
깔깔거리는 소리가 쌓이고
뜨거운 거리의 숨소리
같이 호흡하다 헤매는 한 낮

아버지가 걸은 발걸음
또 내발 걸음이 담긴 상자
떨리는 손으로
열어 보지 못하는 긴 시간
네온사인 빛의 반사에 지쳐
빈 거리를 지키고 있을 때
낮에 쌓인 먼지를 털어 낸다

상자 그 안에

달달한 알사탕을 빨아먹다 흘려버린
끝이 보이지 않아 검기만 한
끈적이는 눈물이 고인다
종이배가 누워 있다

흙의 촉감

어제 가져온 배추에서 어머니 거칠어진 손을 본다
겨울이면 놀이터라고 디디고 디뎌
황량하게 불모의 고지로 만들어 놓은 텃밭에서
자손들 발자국에 키웠을 새싹
한 보자기 분주한 손자국을 싸 보낸다

떨리는 손을 다스리며 보자기를 포로시 펼쳐놓고 보니
배춧잎에 민달팽이 올라앉아 단물만 빨아먹은 자국
수없이 끈적이는 줄을 그어놓은 어린 시절
배추 줄기 꺾어져 질척하게 나온 즙은 가슴을 허물어뜨
리고
누런 떡잎은 황량한 벌판으로 허허롭기만 하다

가을걷이 끝난 어머니의 텃밭
시퍼렇게 핏줄 서고 서릿발에 갈라졌어도
여지없이 푸름을 부르는 흙으로만 보인다

하얀 길

비로소 알았다
내내 궁금하였던 하얀 길을
아버지는 흥얼흥얼 걸어가셨다

밋밋한 가슴일 때
연무 속으로 빠져 드는 그 길
아이는 가슴이 봉긋해질 때도
수줍게 볼우물이 깊숙이 파여질 때도
저 멀리 건너다보고
햇빛에 빛나던 하얀 이가
젊음을 거쳐 넘어가는 때에도

하현달로 접어드는 때
혼자 걷고 싶어지고
매일 맞아 오던 바람이
소슬하니 발바닥을 찔러서 찔끔거린다
다시 한번 바라다보던 그 길
하얀빛이 아버지에게 비추는 것을 알았다

물 컵을 들고

바래져버린 이불보
아버지도 하얗게 물들어 버린 지 오래다

아버지를 지탱하던 물줄기가
차츰차츰 기력을 잃어 흐트러진다
세월 거머쥔 수족이 무거워
눈짓으로 물을 갈음한다
한 모금, 끈으로 이어진 눈물들로 적신다
입가 깊게 파인 주름이 말라
한없이 갈라지는 소리
눈빛의 의사 표현과 따로 노는 몸을 추스르며
입가를 적신 미련을 갈음하는 시간
성에 차지 않는가 보다
눈가에는 삶의 인연
잊지 않으려 애를 쓴다

지난날 푸름의 아버지 모습
그 시간 지나고 지나

끝없이 이승과 저승의 선을 밟고 있다
돌아보니 눈동자가 머물렀던 길 뒤로하고
윤회의 길로 빨려 들어간다

아버지 세계와 나의 세계가
허물 수 없는 선으로 그어져 버린다

처음 비행기를 타고

내 손이 닿는 곳이
이 세상 전부라고 발돋움을 몰랐을 때
다 커버린 아이들에게 끌려
비행기를 타고 넓은 세상을 내다본다
어느 사이 하얀 아이스크림 구름 위에 떠서
배밀이를 하고 있다

턱받이에 침 흘리면서
터질지 모르고
풍선에 바람만 넣던 어린 시절,
배를 바닥에 밀어대고
어머니를 통해
바깥 것의 냄새를 맡아가며
키가 크는 만큼
새로운 것에 키 재기를 한다

부대끼며 자라온 흙 내음 가득 밴
커버린 어깨를 털어가며

부모의 정을 한 줌으로 줄여 놓고
분홍의 향기 속에서
나만의 둥지를 촘촘히 지어놓는다

생의 길이가 깊어졌음을 느낄 때
또 다른 바람이 있다고
꽉 짜여진 굴레 속에서
끌어내어 날개를 달아놓는다

여유를 부리는 곡선

종이비행기를 접는다
꼭꼭 각을 맞추려고 애를 쓴다
미세하게 삐져나오더라도
삐뚤게 발 내미는 것을 용납하지 않는다
아이들과 남편의 투정을 접어 넣고
어른의 잔소리를 접어 넣고
지나가는 바람에 깎인
모난 세월을 꺾어 접어 넣는다

푸르른 허공에 날려 보니
마음과 같지 않게 포물선을 이루며 날아간다
각을 맞춰 접은 종이비행기가
여유를 부리며 곡선을 이루는 것을

닮은꼴의 내력

할머니가 제사상에 올랐던 조기 뼈를 발리며
종손의 밥숟가락에 종가의 내력을 올리고
대들보를 받친 기둥이 되어
꼿꼿하게 앉아 밥 먹는 버릇을 기른다
푸른색을 좋아하는 내력은
산과 들로 바람의 흐름을 익히고
손끝으로 만끽하였던 종갓집의 숨소리
하얀 종이 위에 푸름으로 물들여 놓는다

아이는 자라고 늙어 손자를 보는 흐름을 겪는다
할머니 제사상 올랐던 조기 뼈를 발리며
종손이 된 손자는 조상의 뼈대와
살아가야 할 살점을 발라 먹으면서
그 집안에 내력을 품은 정자체를 족보에 남긴다

끝없는 새김질

긴긴 세월 마을의 어른으로서
남달리 굵게 살아오신 할머니
참는 게 미덕이라고
받아 써넣으라던 말씀 뒤로하며
함박웃음 가득 담은
어머니 손길만 적었다고
담뱃대 가릉거리는 소리 듣고 자랐네

딸 가진 집 내림이라며 생소한 뿌리 덧붙여
총총히 땋아 내렸던 머리카락 틀어 올리고
달뜬 장미꽃다발 한 아름 안은 가슴으로
진흙 바닥 질척이는 악착같은 세상
오지랖 넓게 덥석덥석 끌어안으려다
어느새 입술은 앙다물어 버렸다고
한쪽 벽면 가훈처럼 내리 물림 하시더니

하얘진 머리카락 쓰다듬으며
흐트러진 여정 뒤척일 때

아직도 무거운 구름, 무거운 눈물 움직이는
놋쇠 재떨이에 담뱃대 두드리는 소리가 들린다

바람 냄새

봄부터 호미와 결투를 벌이지만
참외 덩굴과 잡풀이 함께한다
햇빛과 유난히 인연이 많았는지
노랗게 빛나는 것이 있다
흐르는 바람 속에서 하나 건지겠구나
덥석 잡으니 땅과 닮은 냄새다

들판과 친해지려다 호미가 되어버린 할머니
들꽃 향 잔뜩 품은 참외 뒤집어
한여름 호미가 간 긴 글을 펼쳐 놓는다
땀방울과 한숨으로 지쳐버린 말줄임표
까치, 참새, 때 이른 고추잠자리까지
눈치 살피다 빼먹은 글씨
마저 채워 놓고 간다

푸른 숲이 좋다던 할머니
수목장 나무는 더욱 푸르고
옛 친구들 그리운지 바람에 일렁인다

길항拮抗의 현상학과 언어적 전회轉回
— 윤종희 시인의 『빛바랜 무채색 언어를 변주하다』, 그 당위성

엄창섭
가톨릭관동대명예교수, 김동명학회 회장

1. 직절直切의 시학과 개아個我의 서정성

　글머리에서 무채색achromatic color은 '명도明度는 있으나 색상과 채도가 없는 색으로 밝을수록 차갑고, 어두울수록 따뜻하게 느껴진다. 일단 「길항의 현상학과 언어적 전회」의 합리적 논의에서 '철학적 문제는 언어의 논리에 대한 오해에서 일어난다.'는 언어의 전회轉回 개념과 연관된 언어충돌의 그 경계와 대응에 있어 '직절의 시학과 시의 본질인 개아의 서정성'은 금속성인 쇠붙이나 동물성 언어는 생명을 살해하는 도구로 작동되기에 그만의 당위성이 요청된다. 까닭에 파괴적 언어공해의 심각성이 극심한 현존성에서 존재감을 지닌 정신작업의 종사자라면 응당 생명의 언어에 관한 깊은 관심을 지녀야 한다. 그간에 오랜 날 평자의 항변이지만 '푸른 도끼날(刃)에 찍힌 향나무가 향을 토해내듯' 최소한 정신작업의 종사자라면

그만의 격조格調와 순수서정성에 의한 푸른 식물성언어를 사용할 일이다.

그 같은 관점에서 강원도 원주 태생으로 2008년 월간《조선문학》에 시로 데뷔한 윤종희 시인은, 로컬리트를 넘어서는 문화의 지역구심주의centripetalism의 시간대에 몸담으면서도 누구보다 역동적인 존재감 빛나는 시인이다. 10여 년 남짓 고심한 끝에 모처럼 상재하는 첫 시집『빛바랜 무채색 언어를 변주하다』《시로 여는 세상》, 2019)은 그간에 켜켜이 쌓인 세월이 은은하게 뿜어내는 원숙미가 끝내 확증되어질뿐더러, 즉물적 현상에 관한 새로운 묵언의 응시凝視로 사물과 부단히 감응하며 고뇌한 결과물이기에 충직한 독자의 기대감에 거슬림이 결코 허락되지 아니한다.

한편 갈등과 대립의 치열한 이분법二分法에 의해 화해의 끝이 보이지 않는 삶의 현재성에서 서정적 개아個我의 일깨움으로 진정한 시적 치유의 방법을 모색하며 따뜻한 감성과 생명 외경의 틀 짜기는 별개로 해법의 상징성을 지닌다. 일체유심조一切唯心造의 논리에 잇닿아 '만월이 되지못한 절름발이 가을, 빼곡히 쌓아가는 언어의 진열장, 가슴에 남아 있는 의문의 문장들, 밝은 빛에 소멸되는 낡은 바람'의 다양한 특이성을 지닌 비장감이 넘쳐나는 그 자신의 시적 작위作爲는 신선한 충격을 안겨줌은 물론이거니와 삶의 일상에서 감동을 회복시켜 주는 역동성이 빛난다. 여기서 그 자신의 자서自序인 「시인의 말」에서 "무채색으로 안고 있던 언어들 이제는 곰삭았을까

하는 마음에 유채색을 입히려고 내놓았으나 지나가는 바람에 한참 색이 바랬습니다."라는 담담한 성찰 뒤의 해명은 조용히 응시할 바다.

특히 시집의 짜임새 있는 편집구성은 "제1부 흐린 날의 커피 타임(16편), 제2부 다초점 렌즈로 투시하기(17편), 제3부 가슴 언저리에 남아 있는 의문의 문장들(17편), 제4부 여유를 부리는 곡선(17편)"에서 입증되듯 비교적 견고한 성채城砦로 치밀하게 직조되고 있다. 까닭에 '따뜻한 감성을 지닌 시인과 그 시편의 분할·통합'은 충직한 독자의 지대한 관심사關心事에 해당한다. 따라서 특정한 시인의 고뇌의 결과물을 평하기에 앞서 변주곡Variation의 사전적 개념은, '어떤 주제를 바탕으로 하여 리듬이나 선율 등에 변화를 주어서 만든 악곡이다. 변주는 곧 한 번 나타난 소재(주제, 동기, 작은악절 등)가 반복할 때 어떤 변화를 주어가며 연주하는 것이다.' 이 점에 있어 따뜻한 감성적 기표에 의한 한편의 시는, '상상과 감정을 통한 생명의 재해석'에 기인起因한다. 애써 '카페라테의 효과Coffe Latte Effect'를 거론하지 않더라도 '흐린 날의 카페라테는 대개 꽃이 피지 않는다'는 화자persona의 선입관에서 "거실 무채색의 바다를 그린 액자 속에/ 그림자로 등장인물이 되어 홀로 서 있다(「흐린 날의 커피 타임」)"의 보기나 "기하학적 무늬를 끄집어내온다/ 영혼 없는 무늬에서/짝을 잃고 헤맨다는 소식/ 카톡카톡 정지된 공간을 깨운다(「디더 놓는 발걸음이 다 기하학적 무늬」)"에 수용된 기대감은 지대하다. 후기산업사회에서 특정한 시인의 시적 조건은, 곧 삶에서 풀어 쓴 정직한 시론과 타자를 지향한 감사의 시학에 맞물려 있다.

이 같은 시작詩作 행위는 '선순환은 은총과 감사와 봉헌의 반복에서 비롯되지만 저주, 비난은 부정적 뇌기능에 자극을 준다.'는 기교craft적 처리로 결코 간과치 말아야할 전제조건이다. 따라서 '날(刃) 푸른 도끼에 찍히면서도 향나무는 향香을 뿜어내듯' 담백한 시격의 소유자로서의 강인한 집념이 "수초는 물속에서, 갈대는 물 밖에서/ 그들은 어디서나 꺾이지 않아/ 버려야 할 기억 속에 계속 흔들리고 있다(「지금도 꺾이지 않는 갈대」)"와 결속되어짐도 그렇지만, "묶어 놓지 못하여/ 떠돌아다니는 언어들을/하얀 눈이 쓸모없이 다독여 준다(「매듭지어 놓지 못한 언어들」)"에 관한 지대한 기대치는 소홀하게 지나칠 수 없다. 우리네 삶에서 평자의 지론은 특정한 사람과의 만남이 때로는 운명적이듯 다양한 음조와 색조로 시의 지평을 열어 보인 '언어의 신비 캐내기'에서 사유의 속도를 늦추면 눈앞의 대상이 달라 보임은 결코 간과치 말아야 한다. 추상抽象에 의한 독자적인 눈부신 시어의 조탁은 갈증에 탄 영혼을 적셔주는 생명감에 견주어지기에 우울한 삶의 현존성에서 신이 허락한 존재의 섭리를 구명하려고 리듬과 형태를 구축하는 합리적 해법은, 그만이 지닌 크고 작은 시적 작동이며 이채로운 의미망의 확장이다.

2. 관조적觀照的 담론과 생명외경의 경계

특히 서정시 쓰기가 어려운 작금의 사회현상에서 어설픈 시적 변명으로 치부될 수 있을 지라도, 삶의 중량감을 확장하기 위해 불확실한 삶의 격랑에서도 끊임없이 고뇌하는 특정한 시인의 정신적 생산물을 놓고 생명기호인 소통의 도구에 관한 통일된 체계성의 유지와 정체성의 확증은, 우주의 신비를 캐어내는 지속적인 가치추구이기에 응축 미와 긴장감은 늦출 수 없다. 그중에서 기억에 오래 담아두어야 할 스키마schema는 질서의 무너짐과 으깨어진 서정성의 불감증이다. 때문에 그만의 시세계를 분할·통합하려고 가슴 태우는 윤종희 시인이 생생한 일탈의 정신에 일체의 즉물적 현상을 대비시킨 시적 기법은, 따뜻한 질감과 섬세한 붓끝의 터치에 의한 생명적인 작업으로 당당한 존재감에 기인起因하기에 놀랍게도 시의 꽃을 다채롭게 피워낼 것이다.

또 한편 꽃을 보는 이들은 가끔 아프로펌 같은 환호성을 피워내지만, '까만 밤, 까맣게 새우며, 까맣게 쓴다'는 지극히 합리적인 시적 변명에 보다 충직한 끝에 "그 꽃, 바구니 가득 담아/ 지나가는 바람타고/ 아프로펌 머리의 밥 로스 아저씨가 그려놓은/ 촉촉이 젖은 나무 위에 흩뿌린다(「나무에 꽃을 피우다」)"의 시의식의 조응이나 "소리 없는 시간에 초점을 맞추니/ 하얀 종이 위에서/ 흐트러져 미적지근하게 헤엄치던 언어가/ 강도 높은 구령도 없는데/ 반듯하게 제자리를 찾는다(「다초점 렌즈로 투시하기」)"에서 생명의 화소話素인 언어에 관한 새로운 접근에 의해 시어의 이중거리는 확장된다.

각론하고 통섭通涉의 시세계를 구축하려고 진지하게 노력하며 시적 현상을 위한 해체와 재창조를 반복하는 '창조적 시학과 우주와의 교감'도 그러하지만, 그 나름의 차별화된 시세계에 연계층위인 '공간과 시각, 그리고 정신풍경에 의한 통합의 시론을 탐색하는 작업'은 유의미하기에, "꽃병에 갇힌 향이/ 아침이면 빛이 인도하는 길 찾아/ 동동 마룻바닥 구르다/ 네모로 갇힌 구석에서 절규하네/ 창문 열어젖히니/ 도드라지게 빛을 머금은 바람(「흙과의 약속」)"의 맥락과도 같이, 그 자신의 '주어든 꽃잎 들고 바람의 한 귀퉁이에 손짓한 것을 속죄'하는 뼈아픈 자기성찰을 통로로 "무겁게 잠겨버린 발자국으로 남기고/ 묶여진 가슴에 난 자국/해변 모래알로 엉겨 붙는다(「족적의 무게」)"를 통해 감당키 어려운 삶의 중압감은 '엉겨 붙고, 부여잡고 놓지 않는' 끈질긴 관계층위는 업보業報랄까? "불타는 여운을 남긴다/ 가을엔 끈끈함이 말라버린 낙엽처럼/ 부여잡고 놓지 않으려 한다(「인연이라는 것이 살얼음과 같아」)"는 선명한 삶의 담론에서 질긴 인연의 끈을 그렇게 공허하게 끊어버릴 수는 없다.

무엇보다 '상징의 숲을 거니는 시인'은 머레이 북친의 지적처럼 생태위기를 벗어나려면 인간중심주의의 경계를 먼저 무너트려야 한다는 관점에서, 차고 처연悽然하되 담백한 시적 이미지는 고통을 눈 뜨게 하는 빛나는 응결체로 작동한다. 비록 서정성이 수락된 다양성이 빛나는 그 자신의 시편에 현대의 불안의식과 감각적 표현 등에 혼돈의 시간대를 걸친 내면인식의 중량감이 가해져 목가적 서정성은 한층 매혹적이다. 특히 미적 주권이 확립된 순수서정시를 쓰기가 진실로 어려운 시간 대에서 삶의 매순간을 '꽃향기 묻어있는 식물성 언어로', 일상의 감동을 회복시키는 담백한 시격은 알맞은 정신기후의 조성에 타당성을 지닌다. 그처럼 맑은 영혼의 소유자인 윤종희 시인의 '체취와 색깔, 육성'을 내세워 모의模擬나 아집의 모남이 없는 그의 정신지리와 낯익은 풍경의 현현顯現은, 사유의 추이推移에 의한 인식의 세계에서 시어를 담금질하는 또 하나의 신선한 충격이다.

> 그는 간사하게 90° 각도의 인사법부터 배웠다/ 속절없는 발걸음이 허공으로 퍼진다/ 사람과 사람들 속으로 첫 발을 내딛는/ 그와 나 사이에/ 손으로 들 수 없는 무거운 추를 놓고 들이댄다/ 고광나무 그림자에게서
>
> —「고광나무 인사법」에서

위에 인용한 「고광나무 인사법」에서 보다 명백히 입증되어 지듯 고광나무는 산자락에서 서식하고 향기 짙은 흰색 꽃이 피어 관상용으로 길러진다. 일단 나무의 미학The Aesthetic of the Tree이랄까? 생태학적 현존에 인간의 삶을 비유적으로 대입시킨 의중은 고대신화나 전설에서 강한 생명력을 유지하는 신성神聖의 영역으로 간주된다. 또 하나 '안식, 사유, 몽상 등'의 어

감에서 느껴지는 정적인 기운과 상승, 혹은 수직의 형태로 그 생명이 대기를 지향한 동적인 기운은 나무의 이원적인 상징구조로서, 신앙적 대상으로 생의 원리에 순응하며 목적 지향적인 삶을 염원하는 사람살이의 현재를 효과적으로 투영하는 질료임에는 틀림이 없다. 이 같은 현상은 또 다른 시편「빈집 1 ─개오동나무집이라 불리던 집」의 보기나 또는 동질성에 의해 그 자신이 연작시로 읊고 있는「빈집 3 ─와송이 성성하던 집」에서 보다 명증되고 있다.

오랜 날 이 땅의 어느 시인보다 시적 형상화에 몰두하는 그 자신의 지난至難한 '몸의 시학'은 슬픔 그 너머의 빛나는 성채城砦로 우리 앞에 자리한 충만한 생명감에 해당한다. 때문에 소소한 일상에서 피부로 느끼고 체득한 질감의 이미지를 즐겨 형상화시킨 대다수의 시편은, 항상 주위의 소중한 이들과의 끈질긴 인연을 감사의 정감으로 발현發現시킨 따뜻한 감동의 시학이다. 한편 폴 발레리의 '시적 형식은 자신을 회복시키는 법, 안과 밖이 관통된 일원론적 사유로 인간과 우주를 연대시킨 통로'로 이해되어 질 때, 비로소 푸른 식물성 질료를 시적 대상으로 처리하는 그만의 행위는 낯익은 즉물적 현상을 찾고 매듭짓기 위한 일관된 고뇌에 맞물려 있다.

그와 같이 인류의 정신적 스승인 헤르만 헤세가 "작가는 독자가 아니라 인류를 사랑해야 한다."는 역설처럼 삶의 매 순간 소중한 연緣이 닿아 부푼 기대감으로 감동을 회복시켜주는 담백한 품격의 시인의 시편 중에서 유독 "백옥루상량문에 나온 선녀를 꿈꾸던 시절/난을 치는 어깨, 그 시절만큼/가뿐하게 전율하는 것을 느낄 수 있을까(「길이 남을 광한전 백옥루상량문」)"라고 반문을 제기하며, '피어다 낙화落花하는 떨어지는 연꽃 스물일곱 송이'에서 죽음을 예감한 그 전율의 담백한 시격詩格은, 차치하고라도 삶의 처소에서 따뜻한 감성을 지닌 어느 시인에 의한 천재일우千載一遇랄까? 그와의 만남이 평자의 향리인 '옛 하슬라何瑟羅의 땅'에 '예쁜 남매 시비(교산, 초희)'를 건립하고 비문을 써준 인연과도 잇닿아 감사할 따름이다.

아직 가녀린 생명/ 커져가는 푸름의 꿈 좇고/ 작은 손과 발은/ 큰 세상을 향해 노래를 부르고 있다/ 덩달아 초록빛은 새싹에게 비추고/ 파랑으로 번져가는 하늘의 빛깔은/ 신비함과 오묘함을 간직한/ 아기가 놀아야 할 놀이터
— 「애기똥풀」에서

위에 인용한 시편 「애기똥풀」에서 '우리 아기 똥처럼 애기똥풀 빛깔 좋고네'와 같은 지극한 모성母性을 통해 새삼 감지되는 삶의 교시教示는 아름다운 창조적 영혼과의 합일이다. 어디까지나 다소 메르헨적이나 푸른 식물성 언어로 순진무구성純眞無垢性을 지니고 즉물적 현상을 응시하고 접점接點을 모색하는 시적 작위作爲는 유의미하기에, 현실적으로 신이 이 땅에 창조한 가장 위대하고 존귀한 대상은 바로 나(我) 자신임은 무론하고, 진정한 정신작업의 종사자라면 무릇 시적 감동을 일

깨우되 '살아 숨 쉬는 작은 일에도 감사하는 삶'을 올곧게 실천궁행할 일이다. 비록 현대시가 감각적으로 언희言戱화하는 현상에서 시 인식을 예리하게 토막 내어 심부로 파고드는 섬세한 비평적 감각을 투사한 그의 시편은, 감사의 시학이기에 정직성으로 일상의 감동을 회복시켜줄뿐더러 독자의 관심을 끄는 생명감을 충족시켜주는 특이성을 지닌다. 아울러 '영혼을 관통하는 삶의 의지로' 불확실한 공간에서 향방이 불투명한 바람의 출구를 찾는 정신작업은 내면인식과 결부된 시의 틀 짜기와 융합된 공간을 접목시킨 결과이기에 지극히 개아적인 격조는 실로 다채롭다.

3. 우주와의 교감과 일상의 애내성欸乃聲

'창조와 모방模倣'은 연계성을 지니기에 인간의 내면심리는 자연과 대립하는 창조력을 지닌 동시에 자연을 모방하고 또 순응하는 다양성을 지닌다. 비록 우리시단의 현재적 향방이 지나치게 독단적이고 자의적인 폐쇄를 고집한 후유증으로 삶의 도처에 흉물로 너즈러진 언어공해의 심각한 징후가 감지되는 추세에서, "공간은 사회적 산물이라."는 기드슨 르페브르의 지적에 있어 '생성된 공간'의 개념은 다시금 유념할 당위성을 지닌다. 대다수 현대인의 존재론적 불안감은 공간상징이 특정한 시인의 정신적 생산물인 시적 형성화는 시적 응시와 자아의 변주에서 비롯되는 시인의 내적 충만의 탐색인 까닭에 본질적으로 그만의 뜻을 내포한다. 따라서 '우주와 주파수를 맞추는 존재가 시인이라면, 한 편의 시는 곧 하늘과도 접목되기에 윤종희 시인을 '포엠토피아poemtopia를 꿈꾸는 몽환夢幻의 시인'으로 지칭하여도 결코 과장되지 아니하다.

> 지난 날 꽃 잔치는/하얗게 바래져 앉은자리 떠나야만 하
> 고/때늦은 바람 나실나실 거리면서 불면/그 모습 궁싯거
> 리기만 하는/내 모습이 된다
>
> —「꽃 진자리」에서

그렇다. 인용한 시편에서 유추되어지듯 '잎은 떨어져 뿌리로 돌아가는 자연의 이법'을 거슬리지 아니하고, 일관되게 생명적인 언어로 영혼을 정화시키는 작업에 몰두한 서정감이 묻어난 시편은 다양하고 평이하되 구체적, 체험적이며 리듬과 자유로운 양식樣式을 갖추고 있다. 이처럼 그 자신의 미적 주권이 확장된 시편은 생명의 변형變形에 의한 신선한 감동을 충격적으로 일깨워준 유의미한 생산물이기에, 캇슨의 지적처럼 "새가 사라진 거대한 숲의 그 참담한 침묵"이 자못 연상되어진다.

모름지기 '이미 죽어간 이들이 그토록 갈망했던 미래의 시간인 오늘'에 몸담고 있는 우리가 인류에 대한 사랑을 '사유의 화소'로 변형시키지 않으면, 눈부신 꿈과 이상을 결코 실현할수 없기에, '가을걷이 끝난 어머니의 텃밭'에서 두 손의 감각을 통한 "수없이 끈적이는 줄을 그어놓은 어린 시절/ 배추줄

기 꺾어져 질척하게 나온 좁은 가슴을 허물어뜨리고/ 누런 떡 잎은 황량한 벌판으로 허허롭기만 하다(「흙의 촉감」)"의 체득 이거나 또는 '푸른 숲이 좋다던 할머니'를 매개로 하여 "한 여름 호미가 간 긴 글을 펼쳐 놓는다/ 땀방울과 한숨으로 지쳐버린 말줄임표/ 까치, 참새, 때 이른 고추잠자리까지/ 눈치 살피다 빼먹은 글씨/ 마저 채워 놓고 간다(「바람 냄새」)"는 그만의 특이한 시적 체험의 양상과 느낌, 그리고 시적 기교성은 이채롭지만, 진리와 자유를 수호하는 정신작업의 종사자들은 창조적 행위를 응당 수행하여야 한다.

따라서 시 쓰기에 한 치의 소홀함 없이 몰두한 그 자신의 시혼은 한순간의 파토스pathos가 아니라, 투명한 밝음 지향주의로 마침내 안식의 닻을 내린 시 심리의 그 평온함은 불투명한 대상도 선명하게 확인시킨다. 이처럼 순수성이 무너져 내린 삶의 현장에서 자유로운 바람의 영혼으로 어둠의 그늘 말끔 걷어내어 즉물적 현상의 본질을 적확하게 해체하기에 눈부신 언어의 식별력이 '작은 신의 대행자와의 만남'은 갈등과 대립의 시간대에 처한 충직한 독자에게는 작은 은총이고 기쁨이다.

결론적으로 범신론자인 스피노자가 '도덕과 힘을 동일한 것'으로 지적했듯이 진정한 정신작업의 종사자라면, 도덕적 행위 앞에서도 끊임없이 변화·발전을 위해 고뇌 속에서도 경계 층위를 허물며 설정된 삶의 좌표를 향해 역풍을 가로지르면서도 비상하여야 한다. 모쪼록 알맞은 정신기후의 조성으로 항상 시의식이 깨어있는 윤종희 시인의 시집평설을 가름하며, 우주를 창조한 절대자와 존엄한 역사 앞에서 자연의 이법에 거역함 없이 빛나는 자존감으로 시인의 소임을 정의롭게 수행하되 삶의 잠언을 일깨우며 '실험정신에 의한 새 길 트기'에 오직 전념할 것을 거듭 기대한다.

시로여는세상 시인선 040

빛바랜 무채색 언어를 변주하다

ⓒ2019 윤종희

펴낸날   2019년 11월 20일
지은이   윤종희
펴낸이   김병옥

펴낸곳   시로여는세상
등록일   2001년 12월 7일
등록번호   성북 바 00026호
주소   02875 서울시 성북구 보문로 29다길31, 114-903
편집실   03157 서울시 종로구 종로 19(르메이에르 종로타운) B동 723호
전화   02)394-3999
이메일   2002poem@hanmail.net
블로그   http//blog.daum.net/2002poem

편집 미술   김연숙
제작 공급   토담미디어 02)2271-3335

ISBN 979-89-93541-58-8

이 시집은 2019년 원주문화재단의 후원으로 발간되었습니다.